I0669822

Emanuel Geibel

Echtes Gold wird klar im Feuer

Ein Sprichwort

Emanuel Geibel

Echtes Gold wird klar im Feuer
Ein Sprichwort

ISBN/EAN: 9783743656413

Hergestellt in Europa, USA, Kanada, Australien, Japan

Cover: Foto ©Andreas Hilbeck / pixelio.de

Weitere Bücher finden Sie auf **www.hansebooks.com**

Echtes Gold wird klar im Feuer.

Echtes Gold
wird klar im Feuer.

Ein Sprichwort

von

Emanuel Geibel.

Dritte Auflage.

(Aufführungsrecht vorbehalten.)

Schwerin i. M.

A. Hildebrand's Verlag.

1882.

Perſonen:

Prinz Lothar, Oberſt eines Ulanenregiments.
Helene, Schauſpielerin.
Anna, deren Schweſter.
Ein Jäger des Prinzen.

Die Handlung ſpielt in einer deutſchen Reſidenz im Herbſte des
Jahres 1871.

Helenens Wohnung. Geschmackvoll eingerichtetes Zimmer mit Sopha, Lehnsesseln, zierlichem Schreibtisch u. s. w. Auf dem Kamin eine Uhr zwischen Blumenvasen. Im Hintergrunde eine offene Flügelthür, die in den Garten führt. Der Haupteingang liegt rechts, links gegenüber ebenfalls eine Thür.

Erster Auftritt.

Helene, später Anna.

Helene

(die Rolle der Iphigenie studirend).

"Leb' wohl! O wende dich zu uns und gib
Ein holdes Wort des Abschieds mir zurück!
Dann schwellt der Wind die Segel sanfter an,
Und Thränen fließen lindernder vom Auge
Des Scheidenden. Leb' wohl! Und reiche mir
Zum Pfand der alten Freundschaft deine Rechte! —
Lebt wohl!" —

Ich denk', es geht. Und was noch fehlt,
Das gibt im Feuer des Zusammenspiels
Mir wohl des Augenblicks Erregung ein. —

Wär's nur erst Zeit! — Vier ganze Stunden noch,
Bis sich der Vorhang hebt. Am besten thät' ich,
An Andres jetzt zu denken. Könnt' ich's nur!
Doch Furcht und Hoffnung lassen mich nicht ruhn;
's ist wie ein Fieber fast — Wie prächtig dort
Am hohen Lindengang die Astern blühn!
Ich geh' und pflück' mir eine Schale voll —
(nimmt eine Schale vom Kamin und wendet sich gegen die Flügelthür.)
„Heraus in eure Schatten, rege Wipfel
Des alten heil'gen" — Nein! Genug! Genug!
Das ew'ge Wiederholen ist vom Uebel;
Ich bin ja sicher. — Horch, da kommt zum Glück
Die Schwester, so verplaudern wir die Zeit.
(Anna tritt auf, rechts.)
Willkommen, Anna! Aus der Stadt zurück?
Mit meiner Rolle ward ich eben fertig.
Trafst du den Bruder?

Anna.

Ja, vergnügt und fleißig
Wie stets. Sein schönes Bild, der schlafende
Endymion, rückt munter fort.

Helene.

                       Und sonst
Was gibt es Neues?

Anna.

               Wenig Gutes heut.
Nur ein Gerücht vom Hof, das ich dir gern
Verschwiege, wär's nicht schon in Aller Mund.

Helene.

Vom Hof? Und das erregt dich so? So sprich,
Was ist es denn?

Anna.

             Man sagt, daß Prinz Lothar,
Den wir so gut schon wie verlobt geglaubt
Mit Clara Holmfeld, plötzlich andern Sinns
Geworden sei und, statt das letzte Wort
Zu sprechen, kühl von ihr zurück sich ziehe.
Seit vierzehn Tagen ließ er im Hotel
Der Gräfin Mutter sich nicht sehn.

Helene.

Mein Gott,
Was sagst du da? Die arme, arme Gräfin!
Seit letztem Winter weiß ich ja, wie sehr,
Wie innig sie ihn liebt. Das wär' ein Schlag,
Der bis in's Herz sie träfe. Doch wie kann
Er von ihr lassen, die das reizendste
Geschöpf auf Erden ist? Ich faß' es kaum.
Was ist denn vorgefallen?

Anna.

Und du hast
Von Allem keine Ahnung?

Helene.

Ich? Gewiß nicht.

Anna.

Man sagt noch mehr.

Helene.

Was sagt man?

Anna.

Ist dir nichts,
Gar nichts bewußt, was im Gemüth des Prinzen
Die jähe Wandlung dir erklären könnte?
(Da Helene schweigt, mit Bedeutung.)
Du sahst ihn doch so oft in letzter Zeit.

Helene.

Mein Gott, wie sprichst du denn? Du denkst doch
nicht —
Thorheit!

Anna.

Daß du ihm nicht mißfielst, ist sicher.

Helene.

Nun ja, auch Er hat mir den Hof gemacht,
Wie hundert Andre. Und ich leugn' es nicht:
Ich sah ihn gerne, doppelt, weil er stets
Sich in den Schranken feinster Sitte hielt.
Er ist ein Mann von Geist, wie sollt' ich mich
Nicht einer Huld'gung freu'n, von der ich wußte,
Sie galt nicht mir, sie galt der Künstlerin.

Anna.

Die Welt spricht anders, Kind.

Helene.

Was spricht sie nicht!

Anna.

Ich fürchte, diesmal traf sie's.

Helene.

Wär' es möglich?
Er könnt' um meinetwillen — Nein, nein, nein!
Wie magst du nur so furchtbar mich erschrecken!
Es kann, es darf nicht sein. O, welchen Sturm
Hast du in meinem Herzen aufgerührt!
Mir schwindeln die Gedanken. Güt'ger Himmel,
Wie faß' ich mich! Und in dem Zustand soll
Ich auf die Bühne, soll die Priesterin,
Die hohe, ruhig klare Jungfrau spielen!
Grausame, mußtest du denn unbedacht,
Du kennst mich ja, in diesem Augenblick
Den Feuerbrand in meine Seele werfen,
Der keine Rast mir gönnt?

Anna.

        Vergib, ich sagte
Nur, was du wissen mußtest, eh's vielleicht
Auf anderm Weg zu deinen Ohren kam.
Nicht vor den Menschen durfte solch ein Wort
Dich überraschen. Doch ich weiß, wie stark
Du bist, wie rasch und kräftig dein Gemüth
Aus heftigster Erschütterung sich stets
Zur Klarheit wieder durchringt. Kämpf' auch dies
Im Stillen mit dir aus, und laß mich dich
Gefaßt und ruhig finden, wenn ich dir
Gewand und Schleier für den Abend bringe.

    (Geht bis zur Thüre links, und kehrt noch einmal zurück.)

Helene, sei du selber!

           (Ab.)

Zweiter Auftritt.

———

Helene (allein).

Wär' es wahr?
Er liebte mich? Er dächt' im Ernste dran,
Sich frei zu machen, nur daß ich ihm ganz
Gehören könnte? — Meine Seele bebt
Bei dem Gedanken. Nein, hinweg, hinweg,
Verführerische Bilder! Kann mich denn
Ein sinnlos Stadtgeschwätz so ganz verwirren?
Kein leidenschaftlich Wort entfiel ihm je,
Nicht eins — Und seine Braut — o, wer sie kennt,
Dies ächteste Juwel der Weiblichkeit,
Der liebt sie, muß sie lieben. Nein, es ist
Unmöglich.

Aber wenn's nun dennoch wäre?
Was dann? O güt'ger Himmel, soll ich dann
Das neidenswerthe Loos, das ungesucht
Gleichwie aus Wolken in den Schoß mir fiel,
Undankbar von mir stoßen? Bin ich nicht,
Wo's um das ganze Glück des Lebens geht,
Mir selbst die Nächste? — —
                              Aber war ich denn
Unglücklich, als ich nie zu hoffen wagte?
Floß nicht in wunschlos stiller Heiterkeit
Mir Tag um Tag hin? Freilich, wenn er kam,
Da ward mir frei und leicht, und was ich Bestes
In meiner Seele trug, das drängte froh
Sich auf die Lippen mir — doch war er drum
Mein Eins und Alles? Hab' ich nicht die Kunst,
Für die ich leb' und die ich nimmermehr
Zu missen wüßte? — Sie ertrüg' es nie,
Ein Bruch mit ihm würd' auch ihr Leben brechen,
Zu tief hab' ich in ihr Gemüth geschaut.
Mir aber wäre seine Liebe nur
Ein schöner Sonnenglanz —

Und doch! Und doch!
O Gott, wie schwer ist der Verzicht. Warum
Tritt denn dies Glück, das unerreichbar ich
Gewähnt, so nah, so blendend vor mich hin,
Wenn ich entsagen soll! — O, wär's kein Traum:
Ich fürcht', ich könnt' es nicht.

Dritter Auftritt.

Helene, Anna, später ein Jäger.

Anna (rasch eintretend, links).

          Um Gotteswillen!
Des Prinzen Wagen kommt den Platz herauf,
Er will zu dir. Nimm ihn nicht an! Nicht jetzt!
Du glühst und zitterst ja —

Helene.

         Nein, nein! Es muß
Entschieden sein. Zur Ruhe muß ich kommen,
Und Ruhe find' ich nicht, bis ich ihn sah.

Anna.

Bedenk', Helene —

Helene.

        Wär's denn morgen anders?
Ein Tag nur mehr der ungewissen Qual.

2

Nein, laß mich; die Gewißheit wird den rechten
Entschluß in's Herz mir geben.

Jäger (von rechts, anmeldend).

Seine Hoheit
Der Prinz Lothar.

Helene.

Ich lass' ihn bitten.

(Jäger ab.)

Anna.

Darf
Ich ruhig dich verlassen!   .

Helene.

Geh nur, geh!
Und glaub', ich werde handeln, wie ich muß.

(Anna ab, links.)

Vierter Auftritt.

— —

Helene.

Willkommen, Prinz! Sie überraschen uns
Zu ungewohnter Stunde. Darf ich fragen,
Welch' günst'ger Stern zur Zeit der fürstlichen
Hoftafel Sie in unsre Hütte führt?

Prinz.

Zunächst die Dankbarkeit! Ich konnt' es länger
Mir nicht versagen, Ihnen auszusprechen,
Wie tief, wie bis in's Herz Cordelia
Vorgestern mich entzückt.

Helene.

       Gefiel ich Ihnen?
Das macht mich stolz und glücklich. Freilich that
Der große Dichter wohl das Beste, Prinz;

Doch thut mir's wohl, aus Ihrem Mund zu hören,
Daß ich das edle Bild, das er entwarf,
Nicht ganz verfehlt.

Prinz.

Der allgemeine Beifall
Sagt' Ihnen mehr. O, es muß köstlich sein,
Im Dichterwort den Schatz der eignen Brust
Wie durchgeschmolz'nes Gold hervorzuströmen
Und im Bewußtsein des Gelingens dann,
Umwogt vom Jubel der Bewunderung,
Als Aller Liebling stolz sich zu empfinden,
Als Fürstin, der bezwungen jedes Herz
Entgegenschlägt.

Helene.

Dies Glück, mein gnäd'ger Prinz,
Ist nicht so übergroß. Zwar leugn' ich's nicht,
Der laute Beifall freut mich und ich könnt'
Ihn kaum entbehren; weckt er doch und steigert
Die Kraft in mir, so wie ein günst'ger Hauch

Des leichten Fahrzeugs Segel schwellt und treibt.
Allein das Weit're trifft nicht zu. Ich kenne
Nur allzugut den Werth der Huldigungen,
Die man mir sonst wol zollt, und öfters schon
Befiel mich ein Gefühl der Scham dabei.
Nein, sei'n wir offen, Prinz. Was ist es denn,
Was an uns Armen, die wir uns dem Dienst
Melpomene's geweiht, dem großen Schwarm,
Zumal der Männerwelt so sehr gefällt?
Das Herz etwa, das Keiner kennt? Der Geist,
Den auf zwei Stunden uns der Dichter borgt,
Und der, sobald der Vorhang niederrauscht,
Vielleicht verflog? Gewiß nicht. Doch die Kunst,
Das Feuer der Begeist'rung? — Ach, ich hab'
Es einst geglaubt und will es wieder glauben,
Sobald ich mit den Damen des Ballets
Der Menge Gunst nicht mehr zu theilen habe.
Nein, was s i e anzieht, ist der Zauberkreis
Von Glanz und Duft, der schillernd uns umgibt,
Die Doppelwelt von Wirklichkeit und Schein,
Das sind die Reize, die die Schminke leiht,

Die freie, fremde Tracht, die unsern Wuchs
Verhüllt und zeigt, das reichgelockte Haar,
Das oft so falsch ist, wie die Edelsteine
An unserm Königsschmuck, das sind sogar,
Ja, lachen Sie, die zierlichen Sandalen,
Nach denen man, ich weiß es nur zu wohl,
Die großen Gläser gleich Geschützen richtet,
Kurz, Alles, was die Sinne reizt und täuscht.

Prinz.

Wie ungerecht Sie sind!

Helene.

Ich rede von
Der Mehrzahl, Prinz. Und freilich stünd' es schlimm
Um uns und unsre Kunst, wenn Alle so
Gesonnen wären. Wer vermöchte dann
Mit freud'gem Herzen nach dem Kranze noch
Emporzustreben? Nein, ich weiß zum Glück:
Ein kleines Häuflein giebt's von Auserwählten,
Für das wir unsern Ernst und Eifer nicht
Umsonst verschwenden, das im Schauspiel noch

Ein leidenschaftlich Schicksal miterleben
Und aus dem Borne der Erschütterung
Verjüngte Kraft des Lebens trinken will.
Die sind's, für die wir spielen; Wen'ge nur,
Allein ihr echtempfund'ner Antheil hält
Uns schadlos für den Unverstand der Masse.

Prinz.

Zu diesen Wen'gen, hoff' ich, zählen Sie
Auch mich, Helene.

Helene.

Sicherlich.

Prinz.

Und glauben,
Daß das kein eitler Sinnenrausch, was mich
Ergreift, wenn ich bewundernd Ihrer Kunst,
Dem reinen Abbild Ihres Wesens, lausche.
Nein, keine Wallung des erregten Bluts
Trübt dies Gefühl. Ich schaue nur und bin
Beglückt im Schauen. Was als dämmernd Bild
Unklar mir vorgeschwebt, was nur im Wort

Der Genius schuf, das tritt, zur lautersten
Gestalt geworden, mir durch Sie entgegen
Und schließt die Tiefen mir des Lebens auf.
Der Geist der Poesie hat wiederum
Die Priesterin, die seiner werth, gefunden
Und reißt, durch Ihren Mund geoffenbart,
Unwiderstehlich mich dahin

Helene.

   Sie schwärmen
Und schätzen meinen Funken von Talent
Viel, viel zu hoch. Warum mich so beschämen!
Sie wissen doch, der Vorwurf, den vorhin
Ich auszusprechen wagte, traf nicht Sie.
Nein, Ihnen könnt' ein andrer Irrthum nur
Gefährlich werden, Prinz, von dem man sagt,
Daß grade die Begeist'rungsfähigsten
Am eh'sten ihm verfallen.

Prinz.

   Und der wäre?

Helene.

Daß sie die Rolle, die ihr innerstes
Gemüth erschüttert, mit der Künstlerin,
Die dargestellte Leidenschaft mit dem,
Was jene selbst im Busen trägt, verwechseln
Und, von der Dichtung adelnder Gewalt
Getäuscht, aus ihr ein Ideal sich schaffen.
Ein glänzend Bild, das leider nur zu oft
Mit keinem Zug der Wirklichkeit entspricht.

Prinz.

Das sagen Sie mir, deren ganzes Spiel
Die vollste Wahrheit ist? Ich kann's nicht glauben;
Nein, Sie verleumden sich und Ihre Kunst.
Ein Trug nur wär' es meiner Phantasie,
Wenn in dem reinen Bild ich, das Sie mir
Von Desdemonen, Julien, Imogen
Vor Augen zaubern, Ihres eigensten
Gefühles Pulsschlag zu vernehmen glaube
Und in Cordeliens rührender Gestalt
Entzückt Sie selbst erkenne? — Nimmermehr!

Nein, solcher Seelenhauch lernt sich nicht an.
Sie fühlen, was Sie spielen.

Helene.

Ja, ich fühl's.

Und mehr, ich leb' es. Aber lassen Sie
Mich, wie die Tochter Lear's, wahrhaftig sein.
Ich leb' es nur im Augenblick. Verklagen
Sie drum die Bretter, wo das höchste Schaffen
Zuletzt ein wundervoll Empfangen bleibt.
Die Fülle naht und strömt dahin im Nu;
Sie festzuhalten weiß ich nicht. Der Sturm
Der Leidenschaft, in dem ich wonnevoll,
Mir selbst entrissen, weltvergessen schwebe,
Ist nur der Hauch, der aus des Bläsers Mund
Das Erz des Horns erschüttert, daß es tönt.
Sobald er nachläßt, bin ich wiederum
Ein stumm Metall. Mit des Gewandes Schmuck,
Mit dem Kothurn, der mich getragen, fällt
Die priesterliche Hoheit von mir ab,
Und nichts bleibt übrig, als ein großes Kind,
Das Hunger hat und dem ein schmackhaft Mahl,

Ein Kelch mit Schaum, von Schwesterhand kredenzt,
Willkomm'ner däucht, als alle Poesie.
Ich wollte nur, Sie hätten mich am Abend,
Da ich Cordelien gespielt, gesehn.
So ausgelassen lustig war ich nie.

Prinz.

So kehren Sie den Satz des Dichters um,
Die Kunst ist Ihnen ernst, das Leben heiter.
Doch wird das stets so bleiben? Ueberfiel
Bei solchem jähen Wechsel Sie noch nie
Ein bang Gefühl von Heimweh, ein Verlangen
Nach still begrenztem Glück?

Helene.

Mein Prinz, es gehn
In jedem Menschendasein Licht und Schatten
Wol Hand in Hand, und auch das meine blieb
Nicht ohne Wunsch. Doch darf ich redlich sagen:
Was ich ersehnt, lag stets in meiner Welt.
Die Kunst, die ich erwählt, ich geb' es zu,
Weiß nichts von Rast, und manchen Seufzer hat

Sie mir erpreßt. Doch nimmer könnt' ich drum
Ihr treulos werden, nimmer jenen Schatz
Von reinen Freuden, den verschwend'risch sie
Mir zuströmt, um ein ander Loos vertauschen —
Wo fänd' ich's auch!

Prinz.
Nur eine Frage noch,
Helene, die Ihr hoher Sinn dem ernst
Theilnehmenden verzeihen mag — Sie haben
Bis heute nie geliebt?

Helene.
Wenn Lieben heißt
So viel als Nichtentbehren können, nie.

Prinz.
Und trät' ein Mann nun, dem von Herzen Sie
Vertrauen könnten, vor Sie hin und böte
In treuer Neigung Ihnen Herz und Hand?

Helene.
Luftschlösser, Prinz!

Prinz.

Und wenn sie Wahrheit würden?
O reden Sie, Helene! Wenn ein Freund,
Der Sie versteht und liebt, sein Loos auf immer
An Ihres knüpfen, Alles, was er hat
Und ist, beglückt mit Ihnen theilen möchte?
Was dürft' er hoffen? — Reden Sie!

Helene.

Mein Prinz,
Wie soll ich —

Prinz.

Ich beschwöre Sie.

Helene.

Nun denn!
Ich würd' ihm dankbar sein mein Leben lang,
Aus tiefster Seele dankbar —

Prinz.

O Helene!

Helene.

Doch sprechen würd' ich: Legen Sie dies Glück
In andre Hände, die es mehr verdienen
Und besser würd'gen. Mein Zigeunerblut
Erträgt die Fessel nicht, und wäre sie
Von Gold und wäre sie von Rosen nur.

Prinz.

Das kann Ihr Ernst nicht sein.

Helene.

          Er ist's; ich kenne
Mich selbst und weiß, die eigenste Natur
Verleugnet straflos Keiner. Setzen Sie
Den Meerfisch, der im Sturm des Salzgewogs
Vergnügt dahinspielt, in den prächtigsten
Süßwasserteich, was wird sein Schicksal sein?
So würd' auch ich aus meinem Element
Entrückt, verkümmern, Niemandem zum Glück
Und glücklos selber. Lassen Sie mich drin,
So lang' es mich noch trägt.

Prinz.

Und dann, Helene? —
Gedachten Sie an Ihre Zukunft nie?

Helene.

Auch dafür ist gesorgt. Zwar weiß ich kaum,
Wie ich dereinst ein Leben ohne Kunst
Ertragen soll — doch darben werd' ich nicht,
Und auch nicht einsam sein. Die treue Schwester,
Die jetzt mein Haus besorgt und für mich spart,
Verläßt mich nie und unser Kleeblatt füllt
Mein Zwillingsbruder. Ach, Sie glauben nicht,
Wie lieb, wie gut, wie ganz mein Stolz er ist.
Kaum hat er ausgedient und schon erwarb
Ihm sein Talent als Maler Ruf und Gönner.
Erst jüngst gewann ein Bild von ihm den Preis;
Gewiß, Sie hörten schon von ihm?

Prinz (in Gedanken).

Von wem?

Helene.

Mein Prinz, Sie sind zerstreut. Was mußt' ich auch
Von Dingen plaudern, die so ganz entfernt

Von Ihrem Kreise liegen? Freilich meint' ich,
Das sei für Jeden, was so menschlich ist.

Prinz.

O, Sie beschämen mich und nennen mir
Zugleich den Mangel, d'ran mein Leben krankt.
Das ist's ja, was so tief nach unverfälschtem
Gefühl mich schmachten läßt, daß nie, fast nie
In jenem Kreis, den Sie den meinen heißen,
Die reine Menschlichkeit zu Worte kommt.
Vor Zeiten merkt' ich's kaum. Doch jetzt, nachdem
Der große Krieg mit seinem Glück und Elend
Die taube Rinde mir vom Herzen schlug
Und Echt und Unecht mich erkennen lehrte,
Jetzt geht in jener Welt des ew'gen Scheins,
In der ich athmen soll, die Luft mir aus.
Form ist dort Alles, Sitte; vorgeschrieben
Ist jedes Lächeln, jedes Wort bewacht.
Die Grüße, ja die Schritte sind gezählt.
Das Auge selbst, des Herzens Bote sonst,
Wagt nicht sprechen, weil ein Blick der Neigung

Auffallen könnte. Wer vermöchte dort,
Wo alles Wesen unter'm Kleid erstickt,
An Liebe noch, an Leidenschaft zu glauben!
(bitter.)
Da sucht man draußen denn ein Glück und findet
Die Thür verschlossen. — Doch ich halte Sie
Zu lang' schon auf —
(bricht auf.)

Helene.

Nein, geh'n Sie nicht so, Prinz,
Nicht so verstimmt!

Prinz.

Wie soll ich heiter sein
Im Augenblicke, da mein höchster Wunsch
Mir fehlschlug und ich dran verzweifeln muß,
Jemals den Schatz, den ich gesucht, zu heben?

Helene.

Sie suchten ihn vielleicht am falschen Ort,
Und an der Stätte, wo er schon für Sie
Bereit lag, gruben sie nicht tief genug —
Wer weiß!

Prinz.

Was meinen Sie?

.

Helene.

Ich habe nie
Hofluft geathmet, nie den Formelzwang
Der großen Welt gespürt. Doch ahn' ich wol,
Wie schwer, wie selten dort ein tief Gefühl
Sich offenbaren mag. Doch fehlt es drum,
Weil's unentschleiert bleibt? Sieht stolze Scham
Nicht leicht der Kälte gleich? Und hüllt sich nicht
Die Furcht, zu viel zu sagen, oft in Schweigen?
Nein, Sie verklagen jene Höh'n, auf die
Das Schicksal Sie gestellt, mit Unrecht, Prinz,
Wenn Sie des echten Lebens baar sie nennen.
Wie manche schon, die dort als Sternbild glänzt,
Fand ich, wenn sie ihr Hofkleid abgelegt,
Als echte Gönnerin der Kunst, als edle
Beschütz'rin mühvoll ringenden Talents,
Als Trösterin verschämter Armuth wieder!

Prinz.

Jawohl, die Welt erfährt's, und es ist süß,
Sich rühmen laffen! Solcher Edelmuth
Täuscht, wie das Trauerkleid, bei dem die Schöne
Nur denkt, wie gut die schwarze Tracht ihr steht.
Man gibt, weil man erkennt: Geburt verpflichtet,
Man trocknet Thränen, wie man Blumen pflückt,
Um sich zu schmücken. O, vertheid'gen Sie
Nicht diese Region des falschen Prunks,
Wo ew'ge Kälte herrscht! Zur Kirche gehn sie,
Weil fromm sein Mode ward, und schließen Ehen,
Weil Sereniffimus es wünscht. Das Herz
Hat nichts damit zu schaffen.

Helene.

Prinz, Sie sollten
So hart nicht reden, selbst im Unmuth nicht;
Gerade Sie am wenigsten. Ich habe
Beweise —

Prinz.

Meines Irrthums?

3*

Helene.

Ja, mein Prinz.

Prinz.

Sie machen mich begierig —

Helene.

In der That?
Nun wohl, so lassen sie ein Beispiel sich
Erzählen, das ich selbst erlebt und das
Den schönen Glauben mir, den ich verfechte,
Zur freudigsten Gewißheit schuf. Ich will
Mich kurz zu fassen suchen. Wollen Sie
Ein ruhig Ohr mir schenken?

Prinz.

Reden Sie!
Nur allzugern ja wird' ich meine Zweifel
Durch Sie zerstreut sehn.

Helene.

Vor'gen Winter war's.
Sie standen damals bei dem Heer in Frankreich,
Das um Paris die Eisenfessel schlug.

O, welche Zeit war das für uns, voll Angst
Und Hoffnung, mußte jede doch im Feld
Den Sohn, den Bruder, den Geliebten stündlich
Von tödtlich drohender Gefahr umringt.
Ach, alle unsre Wünsche waren dort!
Hier aber regten tausend Hände sich,
Den armen Opfern, den Verwundeten
Erquickung, Heilung, Linderung zu schaffen.
In Schaaren zu den Lazarethen strömten
Die Edelsten der Frau'n und walteten,
Von keines Elends Graus zurückgeschreckt,
Der schönsten Pflicht der Weiblichkeit; da galt
Kein Name mehr, kein Standesunterschied.
Wer menschlich fühlte, kam, wer sich geschickt
Zum Helfen zeigte, fand von selbst den Platz,
Und in einmüthiger Begeisterung,
Die Ordnung schuf und Unterordnung lehrte,
Gedieh das große Liebeswerk zum Heil.

Prinz.

Ich weiß, ich weiß, Sie selbst —

Helene.

Auch ich bezwang
Den Drang des Herzens nicht und in die Reihe
Der Pflegerinnen trat ich. Ach, ich habe
Dort Schreckliches gesehn und aller Krieg
Ward mir seitdem ein Gräu'l; doch süß auch war's,
Wenn aus dem Aug' uns der erschöpften Dulder
Ein Blick des Danks, ein Hoffnungslächeln traf.
Das war der Preis, um den wir schwesterlich
Wetteiferten, und freudig darf ich's sagen,
Wir alle thaten unsre Pflicht —

Prinz.

Gewiß.
Am meisten Sie.

Helene.

Nicht ich, mein Prinz; doch Eine
That mehr, als Alle — ach, ein hold Geschöpf,
So sanft und doch so stark zugleich, wie Gott
Kein zweites schuf. Rastlos bei Tag und Nacht
Umschwebte sie, ein lichtes Engelsbild,
Die Lagerstätten, dem Verzagenden

Hier Trost einsprechend, dort mit leiser Hand
Dem Wunden dienstbar, dort dem Fiebernden
Die saft'ge Frucht, den kühlen Becher reichend.
Sobald sie eintrat, war's, als ging' ein Hauch
Des Friedens durch den Saal, die düstern Stirnen
Erhellten sich, und wo sie nahte, ward
Die Klage stumm, als bannte schon der Anblick
Der unermüdlich Helfenden den Schmerz.

Prinz.
Sie malen mir ein reizend Bild. Und wer,
Wer war dies Ideal?

Helene.
Ich sollte sie
Noch tiefer kennen lernen. Ein Geschick,
Ein günst'ger Zufall, wenn Sie wollen, führt'
In übermächt'ger Stunde uns zusammen.
Die Kunde war gekommen, daß Paris
Gefallen, daß der unglückfel'ge Krieg
Beendet sei; wir aber saßen spät
Am Abend noch im Vorsaal, miteinander

Die Linnen ordnend für den nächsten Tag.
Da scholl von allen Thürmen Glockenton,
Und durch die Gassen wogte Fackelschein
Und Chorgesang: Nun danket alle Gott!
Und überwältigt vom gewalt'gen Klang
Des nie so tief empfund'nen Liebes brach ich
In heiße Thränen aus und jauchzte mit,
Daß nun die Qual vorüber und daß Gott
Mein Fleh'n erhört und gnädig mir den Liebling,
Den theuren Bruder mir beschirmt. Da schloß
Sie plötzlich stürmisch mich an ihre Brust,
„Die Freude", rief sie, „macht zu Schwestern uns,
Was berg' ich denn mein Glück! Auch mir, auch mir
Kehrt der Geliebte wieder. O, wie hab' ich
Um ihn gesorgt, gebangt! Denn von den Kühnen
Der kühnste war er stets, in jedem Kampf,
Bei jedem schwersten Wagestück voran."
Und nun, dahingerissen vom Gefühl,
Entwarf sie mir, in stolzer Wonne glühend,
Ein Bild des Helden — keines Dichters Kunst,
Nur grenzenlose Liebe schildert so.

O wie beglückt erschien mir da der Mann,
Dem solch' begnadet Wesen solchen Schatz
Von Inbrunst, Huld und Treue schenkte! Prinz,
In jener Stunde lernt' ich, daß das Herz,
Das Frauenherz nicht kälter im Palast,
Als in der Hütte schlägt.

Prinz.

O sprechen Sie
Jetzt auch das Letzte aus! Sie blieben mir
Den Namen schuldig. Eine Ahnung sagt
Mir, was ich kaum zu hoffen wage. Nennen
Sie mir den Namen!

Helene.

Gräfin Clara Holmfeld.

Prinz.

O Clara, Engel! — Und?

(stockt.)

Helene.

Der Glückliche? —
Ja, Prinz, wenn Er's nicht weiß, Sie nannt' ihn ein

Doch ihre Schild'rung, mein' ich, paßt genau
Auf Einen, der sein Glück wol kaum verdient,
Weil er daran gezweifelt —

Prinz.

O mein Gott!
Wie faß' ich Alles das! Sie konnte doch
So stumm, so scheu thun —

Helene.

Doch wol erst, nachdem
Ihr Schweigen sie verwirrt. Ein weiblich Herz
Voll treuer Neigung bietet sich nicht an.
Errathen will es sein und Alles nur
Der unbestoch'nen Wahl der Liebe danken.
Was sollt' es in der Ungewißheit Pein,
Vielleicht im Stolz gekränkter Hoffnung, thun,
Als sich verhüllen?

Prinz.

Müssen Sie denn stets
Recht haben? — O, in welch ein Labyrinth

Hab' ich in meiner Blindheit mich verstrickt!
Bestürzt, erschüttert, bis in's Innerste
Verworren steh' ich da. Um Ihre Liebe
Zu bitten kam ich und Sie wecken mir
Ein todtgeglaubt Gefühl im Herzen auf,
Das, plötzlich neu belebt, gewaltsam mich,
Was leugn' ich's? wie ein Heimweh überfällt.
An allen meinen Wünschen werd' ich irr'
Und weiß nicht mehr, was thun, was lassen — o,
Wie lös' ich diesen Zwiespalt!

Helene.

                    Schenken Sie
Mir Ihre Freundschaft, Prinz. Ich hab' es mir
So oft ersehnt, mit unbefang'nem Sinn
Und freier Seele durch das Reich des Schönen
Von treuer Hand geleitet hinzugehn;
Dies reine Glück, gewähren Sie es mir.
Dem Zug des Heimwehs aber folgen Sie,
Er führt zum Heile.

Prinz.

O, was machen Sie
Aus mir, Helene?

Helene.

Einen frohen Mann,
So hoff' ich, der erkennt, wie reich er ist.

Prinz.

Und könnten Sie den Wankelmüth'gen wirklich
Noch achten, der nach einem Sterne griff,
Und dann, des holden Irrthums inne werdend,
Zur Rose, die an seinem Wege blüht,
Zurück sich wendet? Könnten Sie's?

Helene.

Ich will
Die Stunde segnen, da sein Glück er fand,
Mein theurer, theurer Freund!

(Der Jäger tritt ein, rechts.)

Jäger.

Der Wagen, Hoheit.

Prinz.

Soll warten!

Helene.

Nein, mein gnäd'ger Prinz! Ich darf
Sie nicht mehr halten. Unf're Bühnenordnung
Ist gar zu strenge. — Glück auf Ihren Weg!

Prinz.

So leben Sie denn wohl! Und Dank — Dank —
Dank!

(Ab mit dem Jäger.)

Fünfter Auftritt.

***

Helene (allein). Später **Anna**.

Helene.

Leb' wohl, leb' wohl, und ahn' es nie, in welche
Versuchung du mich führtest Gott sei Dank!
Nun ist's vorüber und ich darf mit mir
Zufrieden sein, weiß ich das Eine doch:
Ich werde niemals, was ich that, bereu'n.
Was wollt ihr Thränen? Ach, die Wehmuth sitzt
Mir noch im Auge; doch mein Herz ist leicht,
Frei, wie der Vogel, der in's Sonnenlicht
Sich aufschwingt aus dem Käfig. — Jetzt erst ganz
Gehör' ich dir, geliebte Kunst, und will
Dir ernst und freudig dienen, dir allein.

(Sie macht einen Gang durch's Zimmer.)

„Heraus in eure Schatten, rege Wipfel
Des alten heil'gen dichtbelaubten Hains
Wie in der Göttin stilles Heiligthum

Tret' ich noch jetzt" —

(Anna kommt rasch von links; sie trägt Gewand und Schleier über
dem Arm, den Kranz in der Hand.)

Anna.

Helene, Schwesterherz!
Du hast gesiegt! Der Prinz fährt drüben vor
Am gräflichen Hotel —

Und du?
Du hast geweint und lächelst doch? —

Helene.

Ich habe
Zwei Glückliche gemacht. Was willst du mehr! —
Jetzt auf die Bühne! Iphigenie
Ist fertig Gib den Schleier, gib den Kranz!
Ich darf ihn heute ohne Vorwurf tragen.

(Der Vorhang fällt.)

Leipzig
Druck von Fischer & Wittig.

www.ingramcontent.com/pod-product-compliance
Lightning Source LLC
Chambersburg PA
CBHW021236260626
47172CB00002B/797